문학과지성 시인선 189

너에게 세들어 사는 동안

박라연 시집

문학과지성사에서 펴낸 박라연의 시집

서울에 사는 평강공주(1990)
생밤 까주는 사람(1993)
공중 속의 내 정원(2000)
빛의 사서함(2009)

문학과지성 시인선 189
너에게 세들어 사는 동안

초판 1쇄 발행 1996년 12월 10일
초판 4쇄 발행 2011년 6월 30일

지 은 이 박라연
펴 낸 이 홍정선
펴 낸 곳 ㈜문학과지성사

등록번호 제10-918호(1993.12.16)
주   소 121-840 서울 마포구 서교동 395-2
전   화 02)338-7224
팩   스 02)323-4180(편집) 02)338-7221(영업)
전자우편 moonji@moonji.com
홈페이지 www.moonji.com

문학과지성 시인선 189

너에게 세들어 사는 동안

박라연

1996

自 序

데뷔 전후
우리집은 책장이 겨우 두 개였다
지금은 거실, 안방, 침실까지도 책으로
가득 차 있다 그런데 나는 아직도 데뷔
전후에
쓴 詩를 뛰어넘지 못하고 있는 것 같아
쓸쓸하다
내 연민에 빠져 살았기 때문일 것이다.
누군가를 위해 흘린 눈물이 내게 다시 흘
러와
내 가슴을 적실 때 그 때에 좋은 시를 쓸
수 있으리라

1996년 11월
박   라   연

너에게 세들어 사는 동안

차 례

▨ 自 序

내 작은 비애

소나무는 굵은 몸통으로
오래 살면 살수록 빛나는 목재가 되고
오이나 호박은 새콤달콤
제 몸이 완성될 때까지만 살며
백합은 제 입김과 제 눈매가
누군가의 어둠을 밀어낼 때까지만 산다는 것
그것을 알고부터 나는
하필 사람으로 태어나
생각이 몸을 지배할 때까지만 살지 못하고
몸이 생각을 버릴 때까지 살아 있어야 한다는 것
단명한 친구는
아침 이슬이라도 되는데
나는 참! 스물 서른이 마냥 그리운
사람으로 살다 간다는 것 그것이 슬펐다

너에게 세들어 사는 동안

나,
이런 길을 만날 수 있다면
이 길을 손 잡고 가고 싶은 사람이 있네
먼지 한 톨 소음 한 점 없어 보이는 이 길을 따라
걷다보면
나도 그도 정갈한 영혼을 지닐 것 같아
이 길을 오고 가는 사람들처럼
이 길을 오고 가는 자동차의 탄력처럼
나 아직도 갈 곳이 있고 가서 씨뿌릴 여유가 있어
튀어오르거나 스며들 힘과 여운이 있어
나 이 길을 따라 쭈욱 가서
이 길의 첫무늬가 보일락말락한
그렇게 아득한 끄트머리쯤의 집을 세내어 살고 싶네
아직은 낯이 설어
수십 번 손바닥을 오므리고 펴는 사이
수십 번 눈을 감았다가 뜨는 사이
그 집의 뒤켠엔 나무가 있고 새가 있고 꽃이 있네
절망이 사철 내내 내 몸을 적셔도
햇살을 아끼어 잎을 틔우고
뼈만 남은 내 마음에 다시 살이 오르면

그 마음 둥글게 말아 둥그런 얼굴 하나 빚겠네
그 건너편에 물론 강물이 흐르네.
그 강물 속 깊고 깊은 곳에 내 말 한마디
이 집에 세들어 사는 동안만이라도
나… 처음… 사랑할… 때… 처럼… 그렇게……
내 말은 말이 되지 못하고 흘러가버리면
내가 내 몸을 폭풍처럼 흔들면서
내가 나를 가루처럼 흩어지게 하면서
나,
그 한마디 말이 되어보겠네

겨울잠 네 흙 속으로 간다

겨울잠, 내 관념의 흙을 파고드는 예감, 너는 마
치,

내 몸에서 뿌리가 희고 둥글게, 무수히, 돋아날 것
처럼 푸르다

깊은 겨울잠 그 이후에는, 아직 남은 내 순수의 물
방울이 어린

무 속살로, 아직 남은 내 사랑의 울림이 선유도 깊
은 산골짜기 도라지꽃으로,

이쯤에서 겨울잠을 선물받고 싶다. 왔던 길 다시
가서 초행처럼

돌아오고 싶다. 겨울잠 내 흙을 후벼파는 악몽, 초
인종 울리는 성급한 방문객, 자지러지게 울리는 전화
벨, 그 촘촘한 솔밭 사이를 건너

이제 나는 간다. 마흔몇 해 동안 빠져나간 내 몸
찾으러 기억상실증의 환자처럼 잠시 겨울잠, 네 흙
속으로 간다.

沙羅樹 잎새 하나

두꺼운 책장을 덮는다.

문득 *沙羅樹* 잎새 하나 되고 싶어

또아리도 없이 나그네, 머리 위에 물동이 하나 얹는다.

초록 배추밭의 초록의 속삭임, 씨앗을 털어내고 누워 있는

볏짚들의 깊은 잠, 저 넓고 넓은 고요는 누구의 몫일까

떨어진 나뭇잎 사이로 무수히 날아오르는

노오란 *情事*, 햇살처럼 쏟아져내리는 은행알

더욱 볼 붉어지는 가을 다디단 기운들

솔쥐 까마귀 까치 들의 텅 빈 가슴속으로 일제히 스며든다

제각각 갈대 위에 시궁창 위에 죽음 위에 뜨는 달이 된다

세상의 모든 씨방 깊숙이 투명하게 울리는 종소리

沙羅樹 잎새 하나 되어 뜬다

* 沙羅樹: 梵語로 견고하다는 뜻으로 불교에서는 깨달음의 나무이다.

한 사람 무릎 아래서

판교 공원묘지 한편에
노송 한 그루 문패처럼 서 있다
그가 거느리는 무덤 몇몇 그리고 나는
저절로 우리가 된다.
잘 아는 사이처럼 마음속 인사를 하고
옛일을 회상하고
서로의 삶을 어루만져준다.
사방은 온통 무덤뿐
나는 가만히 한 동네의 어귀를 돌 듯
이 무덤 저 무덤 눈이 부시게 바라본다.
여기 이렇게 오손도손 모여 살고 있었네?
문득 어느 외로운 영혼에 대해 진지해진다.
널따란 묘지 그 앞마당이며 빛나는 대리석들
빽빽한 외로움이 되고 그물이 되고
너무 높은 담장이 될 수도 있다는 것을

내 죽어 이사할 때는
이런 마을 이런 동네에 묻어달라 편지해야지
서로 살면서 홀로 살았던 수십 년
쉽게 쉽게 손 잡는 법 배울 수 있다면

누구라도 쉽게 내 손 잡아준다면
내 죽어 이사해서는
여기 이 마을 이 동네의 영혼들처럼
한 사람 티끌 되어 머물러 있겠다.

묘지가 아름다운 계절

우리가
너를 잊었는가 싶을 때
들판은 휘엉청, 초록 연두 노랑 갈색으로 흔들린다
강강수월래 강강수월래 흔들린다
철길 너머 낮은 언덕
그 너머 낮은 山 위의 무덤들이 덩달아
제 가슴속 깊은 곳에 숨겨온 것들은
예쁘게 예쁘게 익혀가고 있는 계절
죽음이 놓인 자리마다 까치들은
분주히 날개를 턴다
신고 온 소식들이 씨앗처럼 흩어질 때
우리도 마음 한구석에 한적한 무덤 하나 빚으리
무덤은 제각각 초록 연두 노랑의
초승 상현, 하현달을 낳겠지
달들은 자라서 물의 아내가 되거나
은행나무의 은행잎이 되겠지
아직은…… 아직은…… 아무것도 될 수 없는
붉은 눈시울들은 두고 온 고향 감나무 위
주렁주렁, 감빛이라도 되겠지

금낭화

꽃이 핀다
낮은 산 위에 아파트에 외로운 숲속에
꽃이 진다 절색의 배꽃이 진다
꽃피고 지는 사이 잠깐이라 해도
초록은 피어나 푸른 천지 이룬다 해도
봄 위에 여름을 누이고 여름 위에 가을을 누인다
해도
나는 단명의 꽃잎으로 살다 가리
내 꽃 숨진 자리 위에
까치 잡새 풀벌레 들 모여서 울면
울음의 울림만큼 나는
희고 붉은 꽃잎으로 다시 피어나리
아침 이슬 우르르 몰려와 간질이면
나는 또 수십 년에 수십 번씩 피울 꽃을
단 한 번의 생 위에서만 피우고 말리

4월의 공터에는

공터는 지금 산란中이다
저 촘촘한 비늘들 그 속살들의 오롯한 비명
연초록 기운들이 이제 타인의 것임을
그들이 먼저 안다
다만, 너무 오래 구부리며 살아온 이유들을
좌악 두 팔 벌려 뿜어내고 싶을 뿐이다
그 모습 아주 오래 담아두고 싶은 나는
통유리창 한가운데에 서서
피 한 방울 안 흘리고 온몸을 문신한다

마음 한 방울과 이 세상의 거리

한 나무의 마음 한 방울에
또 한 나무의 전신이 매달려 있습니다
그 힘은 오직 닿을 수 없는 거리 덕분입니다

마음 한 방울은 자라서
제 두 눈만으로도 반지 모양의 오색 무지개를 뿜어
냅니다
한 떼의 무지개가 되었을 때
세상에서 가장 고운 자태의 그림자로 다가갑니다
또 한 나무의 무수한 잎이 됩니다
또 한 나무의 몸통은 그 머리에서 발끝까지
무지개의 무늬로 물들여집니다
살다보면
내 마음 한 방울과 이 세상
이 세상과 아주 작은 마음들의 거리
닿을 수 없는 거리만큼 아름다운 무지개를
무지개의 그림자를 낳는다는 것을 압니다
그때쯤이면
마음 한 방울의 무지개와 무지개의 그림자는
더 이상 피가 흐르지 않습니다

긴기아남 1

향기를 아는 꽃들은
제 몸이 향기로워지면 비로소
세상의 모든 길을 따라 걸어간다
누군가의 코끝 가까이에 이르렀을 때
머뭇머뭇 제 몸의 한구석을 새 꽃잎 열 듯 떨다가
그 취기로 잊은 슬픔을 실어오기도 하고
먼데 있는 죽음을 가까이 불러오기도 한다
이 봄에 또 한번
향기가 있는 목숨들은 취할 것이다
그 취기만큼 단명할 수밖에
그럴 수밖에 없다 해도
4月 한나절에 난초과 10년生 긴기아남은
통유리창 너머로 온몸을 열고서 하얗게 피어난다

긴기아남 2

저것 좀 봐!
가냘픈 꽃대 사이사이에
한 잎의 마음 사이사이에
점점점…… 맺혀 있는 이슬방울 좀 봐줘
제발, 한 잎의 꽃잎 그 꽃잎
제 명대로 못 살까 두려워 긴기아남, 너는
제 몸의 피 한 방울 안 남기고
지금 이슬되어 역류했을 거야
나도 이젠 알 수 있어
일생 동안 모진 눈물 세 번 흘리면
붉은 피가 흰 이슬 될 수 있다는 걸
이슬 되면 아주 낮은 천국까지는
혼자서도 날아오를 수 있다는 걸
이 세상에 피는 꽃은
엇갈리는 세상살이 혹은
神의 마음의 추에서 이리저리 흔들리다
떨어진 상처, 상처일지라도
세월이 지난 이 봄에야 네 몸의 이슬 보았으니
나, 다시는 묻지 않겠다
비애는 왜 늘상 내 편인가를

나 더 이상 종이 위에
꽃을 그리지는 않겠다

봄 밤

흰 꽃잎 사이사이 인생유전 숨어 피더니
黃菊 紅菊 지난 지금 꽃대에 자주 쥐가 난다
그리운 누님이라 불러준들 피워올릴 향기나 남았는지
이제사 랑송의 불문학사를
프랑스 혁명에서 파리 코뮌까지를 읽고 있지만
그 전율로 피 뜨거워져 흰 꽃송이 보오얗게 피어난들
탈을 쓴 것 같다고 웃지나 않을는지
장미 목련 라일락 진달래…… 수런수런
수없이 피었다 지는 봄 꽃밭 저 꽃들 속으로
건너갈 수 없는 가을 꽃 국화 한 송이
해 바뀔 적마다 저, 저쪽으로 고개 숙이는 누님꽃,
국화 한 송이
슬퍼도 비극을 노래할 줄 모르던
흔들려도 풍파를 건너뛸 줄 모르던 시절
내 속에 숨어 있는 내 얼굴을 나보다 더 잘 아는
꽃 한 송이 내 속으로 들어와
나, 제쳐두고 불러야 할 노래부르게 하더니

보리수나무 아래서

겨우 성냥 한 개비의 영혼으로
두 길의 세상을 살게 된 나무가 있다
나무의 몸 자라 영혼의 가지들이
굽이쳐 흐르는 물결처럼 흐드러졌을 때
나무는 그만
또 한 세상의 풍경을 읽고 말아
이 세상에는 데리고 나올 수도
쉽게 설명할 수도 없는
삶, 하나를 놓아두고 차마, 돌아설 때마다
나무의 눈과 마음이 누설한 풍경
그 죄의 눈금이 조금씩 내려갔다
눈금이 하얗게 지워지던 날
나무는 나무가 아니라 물이 된다
잔잔한 호수에 남아
연잎을 흔들며 평생을 살 수도 있다
마음은 또 크게 크게 자라서
깊은 바닷속 외로운 산호초
그 어둠만을 밝게 비춰주며 살아도 된다
저절로 지느러미 고운 한 마리 물고기가 되는 날
보글보글보글 고운 물살 속에서 혼자 수줍은데

바닷속에도 성냥 한 개비의 영혼으로
두 길의 세상을 꿈꾸며
왼쪽만 잠이 드는 나무 하나 있어
그 나무 곁에서 나는 물이 아니라
한 시대의 싯다르타가 그리운 언덕 위
아직은 뿌리가 없는 보리수나무가 된다

목 련

읽어야 할 책 많은데
어디선가 본 듯한 얼굴들이 손톱 끝에 피어나
내 손 끌어 문을 열더니 오메!
우수수 져버린 목련꽃 새하얀 숨소리
유언처럼 어서 귀담아들어라 하네
제 몸에 지닌 것, 그 중에서 귀한 것일수록
빨리 잃어야 한다는 일, 그 뜻을 분별할 줄 아는
목숨일수록
몸 무거워 쉬이 떨어져 눕는다고
그 마음 아직 눈치 못 챈 우리는
봄꽃 보고 꽃피었네 꽃피었네 좋아만 했는데
땅만 보고 걷는 눈길이며
더 이상 추울 수도 없는 가슴들 만날 때마다 목련
은
에미 젖돌 듯 꽃꼭지에서 더운 피 돌았었다고
나는 겨우내 눈이나 붉히며 다시 책장을 여니
장자 노자……
꽃피고 지는 일 그 속뜻부터 읽고
다시 만나자면서 내 얼굴 밀어내는 책 속의 얼굴이

여

남은 봄이 너무 짧구나

봄 비

사는 일이 너무 깜깜해,
아—악 소리치고 싶을 때
꽃잎 발소리처럼 빗소리 들리면

쩍쩍 금이 간 마음 너무 가벼워,
차라리 불지르고 싶을 때
비, 내려 나 아닌 다른 것들이라도 적시면

벚꽃 떨어져 이리저리 헤맬 때
혼자서는 흘러갈 수 없는 가느다란 봄비
그녀의 가냘픈 다리로
꽃잎, 그 헤맴을 감아올리려고 애간장 태우는 걸
보면

나도 몰래 내 숨 속에 내 거친 마음 가두네
숨이, 막, 끊어지기, 직전까지,
비의 사랑 한 가지 닮아보고 싶었는데
봄비, 나를 춘몽 속으로 아득히 데려가네

두루미〔白鶴〕

어린 한 몽상가는
새가 사람 되는 일보다
사람이 새 되는 일이 더 행복할 수 있으리라 믿었다
사람으로 살면서 새 되는 일이란
사람의 무게이면서 새처럼 가벼워져야 했다
그리운 땅을 한 순간만 바라보려 해도
추락할 수밖에 없다고 소리칠 때마다
어린 한 몽상가는
새를 단 한 번만이라도 그리워해본 사람들의
이름을 부르며 멀어진 땅의 입김을
날개 속에 힘껏 끌어당겼다
새의 나라에 이르러 한 어린 몽상가는 제 이름을
공중에 쓸 것이다

내가 감히 山만큼 성자만큼

내 사는 집, 무슨 福이 이리도 많아
山길 따라 문을 내고 山길 따라 돌아오는가
내 사는 방, 무슨 福이 이리도 많아
창을 열면 성당 십자가에서
성자의 축원 성자의 축복이 그냥 들어와서 앉는가
수년이 지난 지금에사 무릎을 치며 생각해보네
무엇이 먼저 들어와
아무것도 못 보게 아무것도 못 듣게 했었는지
내가 감히 山만큼 성자만큼
무엇인가를 그득히 품고 싶었는지

이제사 山 곁에 성당 곁에 사는 행복 알았으니
어쩌다가 떨어뜨린 내 말과 마음
우면산 깊숙한 곳으로 가서
한 점 흙이 될 수 있다면
흙으로 다시 빚은 내 말과 마음
밤마다 성당으로 가서
성자의 축원 성자의 축복이 될 수 있다면
내가 못 본, 내가 못 들은 것들의
아주 작은 일부가 될 수 있다면

"神은 내게 말했다"

자식은 너의 첫번째 윤회이니
맑은 시냇가의 물소리처럼 그렇게 에미 되어
사막에서 꽃피우듯 그렇게 에미 되어 바라만 보아
라

치사량의 毒, 그리고

지독한 꿈의 냄새에 취해버린 몇 년
夢死할 수 없어 깨어난다
누운 채로 밤새워 걷는다
그 길에서 만난 사람
그 길에서 만난 세월
이름 모를 분홍색 꽃잎 사이사이
검은 나비가 꽃잎을 빨고 있다
내 몸 가득한 꿈의 냄새가 빠져나간다
한 아비의 마당에
한 어미의 옷섶에 뚝 신문 떨어지는 소리
하염없이 떨어지는 꽃송이들
너희가 우리를 취하게 했구나

삶은 때로 진부해서 살 만하고
꿈은 때로 지독한 제 몸 냄새로 죽음을 밀어낸다
허약한 일상들은
꿈의 갈비뼈 사이에서 잠이 들고
초 분 시간을 따라 송이송이 꽃이 된다
누군가의 미숙한 사랑이 되고
지상의 하루가 되고 前生이 되고 全생애가 된다
치사량의 毒, 그리고

연꽃, 새색시 적에

빼어난 한 얼굴이 물 위에 어른거린다
제 몸 아래 저 깊은 곳이 저러하다니

새색시 적에
뚝, 끊어버릴 수 있다면
아기 연꽃 아직 세상을 엿보지 않았다면

저기 저 진구렁에서 그녀는 당분간 피어난다
한 송이 꽃이 핀다

빼어난 한 비애가 물 위에 떠 있다

질 문
── 쉰들러리스트

수백만 독일 마르크스를 風聞처럼 풀었다는
독일인을 매수했다는 쉰들러
유태인을 지상의 한켠에 꽃씨처럼 뿌렸다는 쉰들러
그는 예수였을까?
1944년 4월
한 번 죽은 유태인이 다시 한번
불지옥 불기둥처럼 엉켜서 타오르며 뭉개버린 神의
얼굴
그때에 타버린 살아남은 자의 영혼
내가 살기 위해 혹은 죽기 위해
한 번쯤 어디선가 아름다웠듯이
그들도 한 번쯤 징그럽게 아름다웠을까
죽기 위해 헤어지던 모자 부자 수천 명이
우우 제각각 울음 소리를
두 팔 두 날개에 달고 우우 날아간다
목말라 죽기 위해 죽음을 위해
공중에 뚫린 허공을 향해 외친다
오! 물 오! 물
제각각 실낱 같은 팔들은 파도가 된다
파도의 날개가 되어 파닥인다

어느 날 우리 몸을 이루고 있는 작은 입자들이 쓰
러져 눕는다
수십 번 질문하고 수십 번 대답한다
화면 속의 인물들과 풍경들과 절교한다 나는
그리고 화해한다

참 좋은 풍경

우리는 안방이 서재이네
아랫목엔 오래된 책장이 장롱처럼 서 있네
아이는 다리가 있는 책상에 앉아
서서 사는 모습을 훈련하고
그 사람과 나는 작은 상을 끼고 앉아
다정히 앉아 사는 모습을 훈련한다네
그때엔 이 세상 그 누구도 그 무엇도 부럽지 않아
이런 날이, 이런 좋은 풍경이
우리 가족의 미래가 되어준다면……
두 눈을 아기처럼 뜨고 휘이 둘러보네
문득 지나온 날들이 사방에서 불쑥불쑥 솟아올라
힘센 불행이
힘없는 행복을 끌고 다녀도
나는 아무의 편도 될 수 없네
모두가 한 시절 내 목숨이었는걸?
지금 이 좋은 풍경의 씨앗이었는걸?
이제 다시는 가기 싫은 길이 있네
그 길이 내 앞에 놓여 내 길을 막으면
감히, 날아오르려네
땅속에도 길을 내는 한 톨 물방울이 되어

감히 흘러갈 것이네
참 좋은 풍경을 잃고 싶지 않는 나는

가을 편지

어떤 주인은
장미, 그가 가장 눈부실 때에
쓰윽 목을 벤다
제 눈부신 시절을
제 손으로 쓰윽, 찰나에 베어낼 수 있는
그렇게 날카로운 슬픔을 구할 수만 있다면
꼭 한 번 품어보고 싶던 향기
꼭 한 번 일렁이고 싶던 무늬
왜 있잖아 연초록 목소리 같은 거
기가 막히게 어우러질 때
저 山 저 너머 훌쩍 넘어가고 싶다
아주 오래된 빈집이 있고
날카로운 슬픔의 주인이 있고
희미한 前生의 그림자가 있지만
이 모든 것 제 갈 길 가기 시작하면
나는……야 거북이처럼 느리게 골방으로 가서
습작 시절의 초롱초롱한 눈망울로
삼라만상 무한천공을 엿보리라
눈이 짓물도록 귀가 멍멍해지도록 머물다가
내 주인이 쓰윽, 목을 베면

한 세상 다시 피어 볼 붉히는 장미
장미 한 송이가 되리라

적벽강

한 여자 적벽강 가네
아직 서론도 못 잡은 삶의 무거운 가방 메고
가네, 지리산엔 봉식李 아저씨가 있더니
적벽강엔 將軍이라는 홀아비
너무 젊은 홀아비가 소나기 만나 흔들리는
미세한 물줄기를 세고 있네
산토끼 같은 눈망울에 맺혔다가 떨어지고
맺혔다가 떨어지는 아직 남은 젊음
그리고 하나 둘 셋, 빗물 되어 스며들 뿐
낯선 수선화 슬픈 이마와 금방 친해져서는
적벽강 이랑이랑의 갈대, 너무 더운 피 쓸어내리네
노랑 풀꽃 위에 노랑 나비
보라 풀꽃 위에 보라 나비
흰 풀꽃 위에 흰 나비가 앉았다가
일어서고 앉았다가 일어서네
저 우연의 아름다운 인연 그 참한 색깔들을
해지도록 오래 서서 바라보면
적벽강의 물결처럼 내 눈빛 푸르러 푸르러
고된 세상 검은 물잠자리 다시 날아와
한참을 머물다 갈 수 있을는지
일생을 살다 간 양 뿌듯할 수 있을는지

조 기

내 작은 심연에는
은조기 한 떼가 꽁꽁, 무더기 무더기
얼은 채로 살고 있다
우리네 사는 일 아무리 쓸쓸해도
그리운 사람에게 마음 한 조각 전하고 싶은 날
햇살 넘쳐흐르는 소쿠리 옆에 서서 몸을 녹인다
빨갛게 달구어진 얼굴로 문지방을 들어서면
방바닥 가득 풀려나오는 은조기떼
오늘은 그 중의 한 마리가
눈 오는 날의 삽살개처럼 지느러미 흔들더니
고운 노랑나비 되어 폴짝
외로운 내 창틀에 앉아
식구처럼 앉아
턱을 고인다

落花 2

희고 붉게 피어나 지고 피어나 지던
이 세상 아름다운 꽃잎들처럼 우리들 저무는 한 해도
한 송이 꽃이라면 저렇게 온 산천을
희게 물들이는 눈송이들의 입술이었을지도 몰라
한 해가 저무는 촌가 언덕에 쌓인 새하얀 눈을 보
면서
문득, 뒷모습에 대해 진지해진다
뒷머리카락에서 흘러내리는 물결이라든가
엉거주춤 나부끼는 빛바랜 바람이라든가
우리 몰래 왔다간 누군가의 따뜻한 눈빛이라든가

피타고라스 정리는 이제 공식이 될 수 없을지도 몰라
눈뜨면 떨어져나간 우리들 양심의 처마
크고 눈부신 만큼 숭, 숭, 뚫려 있는
권좌, 그 등뼈들의 허망한 구멍들을 보면서
아이 젖먹이듯 그렇게 낮고 고요한
뒷모습 하나를 따라가고 싶어진다
그곳에 가면 담뱃불에도 제 몸 맡겨
탁탁, 툭툭, 튀어오르는 맑은 영혼의 생솔가지들
있을지도 몰라

그 불빛 그 기운 꽃씨처럼 받아두어 두면
새봄 올 적에 순 틔워 새 꽃길 열어줄는지도 몰라

雪中梅

병자년 1월 초사흘 인시
不淸不濁 不淸不濁……
기억의 첫장에 고딕체로 씌어져 있다
이 기이한 울림은 누구의 울음 소리일까
어느 세상을 얼마쯤 미리 헤매다 온 것일까
어젯밤 사진 속에서 만난 설중매
넋을 잃고 따라간 세상
그 세상에서 얻어온 말씀 같은 것일까

모두에게 돌은 단지 돌이라 읽혀질 때
가슴 두근대며 돌을 진주라고 읽는 마음을 보았다
어눌한 마음들 여기 모여 설중매 되는 것일까
不淸不濁 不淸不濁……
국어학자도 그 문하생도 아닌 한 여자가
더듬더듬 뜻풀이를 해본다
푸르……지도……아니…… 하고…… 흐리……지
도……아니……하고……
이 세상 모든 푸른 것들의 아비는
이 세상 모든 흐린 것들의 고뇌였다라고

저 눈 속에 핀 매화
네 눈빛들과 마주쳤을 때의 전율
그때 엉킨 피
밤 사이에 한자 한자 글귀 되어
예언의 章 속에 스며든 것일까
不淸不濁 不淸不濁……
불경인 양 고단한 마음속에 담아두면
담배 한 개비의 운명처럼
우리네 목숨 가벼워져야 할 때
부연 연기로 솟아올랐다가
죽음의 뼛속에나 숨어 있을 얼음장 같은
꽃 한 송이 머금고 내려올 수 있을까

사과를 깎으면서

길고 여윈 마음이 사과를 집어든다
붉은 사과 한 알조차 무거운 세상이 보인다
떨어뜨린 사과를 코끝 아리게 집어든다
햇살 눈부신 거실에 앉아
사과 한 알과 여윈 마음이 하루분의 해를 먹는다
저렇게 크고 붉은 해가 떠오르기 위해
샘물은 얼마나 깊었으며 나무는 얼마나
팽팽하게 물줄기를 빨아올려야 했을까
살아 있는 모든 세포를 위해
조각조각 아름답게 갈라지는 햇살이라면
사과를 상처 없이 깎아내리라
길고 여윈 마음, 추억의 사과를 깎는다
겉은 여전히 붉은데 아뿔사
떨어뜨린 추억의 상처가 너무 깊다
멍든 자리 너무 아파 보여 차마 베어물 수가 없다

사과를 깎으면서 생각한다
난보다는 잡초
鶴보다는 황새
은어보다는 피라미에 대해

공중에 매달려 있는 조각난 영혼들
어 ─ 어 ─ 어 ─ 어
손가락에 닿을락말락 머리카락이 닿을락말락
다시 몸 속으로 들어가기 위해 생으로
제 크기를 늘려보는 아픔에 대해
죽을 때까지
왼쪽으로만 감으며 뻗어가는 까치콩과
오른쪽으로만 감으며 뻗어가는 등나무 줄기와
벽면에만 붙어 올라가는 담쟁이덩굴과
위로만 곧게곧게 뻗는 완두와
지면만을 따라 뻗는 고구마와
수많은 감각으로 뻗어가야 하는 사람
상처 깊은 사과를 사랑할 줄 아는
사람에 대해 노래하고 싶다고

숭림사

숭림사, 절의 기운이 다하는 곳까지 벚꽃 천지인데
절 문턱엔 대나무숲이 있다
설왕설래 情도 들었겠지
녹슨 절 鍾 그리고 대나무 마디마디에 품었다가 풀
어내고
품었다가 풀어내는 산물 소리 부러워
벚꽃마저 한올 한올 종소리가 되거나
대숲의 일부가 되었을지도 모르잖아?
편안한 者 여기 올 리 없고
客이 떨어뜨린 거친 마음
절 처마 밑에 가득할 드센 기운들
제 혀로 아프게 빨아들이려고 절에서 산다는 목 백
일홍
손들어 크게 반겨주지만
불상 보는 일은 여전히 두려워
잰 걸음으로 뒤안을 돌아서니 발 밑에 대숲이 있다
아아!
처녀가 사모하던 사람 남몰래 만지듯 눈물 그렁그렁
밑동부터 손 닿는 데까지 만진다
문득, 저 대나무, 아직 꽃피울 처지 아닌데

꽃피고 나면 죽는다는데
저 대꽃 피게 하여 잎도 꽃도 우수수 지고 말면 어
쩌나?
수직의 대밭에는 수평의 뱀들이 우글거린다는데
온몸에 소름꽃 수천 송이 만발하는데 안 떨어지는
안 떨어지는 발길이 있다

때늦은 시작

큰오빠는
내 귀 얇아 늘 걱정이더니
살다보니 귀 얇은 것 그것 참 별것이더라
그 덕에 시인이 되고
그 덕에 박사과정 시험을 치르고
내가 누구인지 나도 잘 모를 때
귀 얇은 그것이
나를 알아보아주는 은총의 비늘이 되더라
나는 금방 스물이 되고 서른이 된 듯
온몸에 싱싱한 비늘을 달고 헤엄을 친다
물결 아득히 메아리치는 나만의, 나 혼자만의……
내 기억의 세포야 부디 며칠만 더 살아 있어다오
내 기억의 용량아 부디 며칠만 더 깊고 넓어다오
쉽사리 안 잊히는 지느러미 달고
헤엄쳐 만날 수 있게 하여다오
한 여자의 마지막 절망의 늪에서 마주친
떨어져내린 잎들과 아직 남아 있는 뿌리의 온기가
악수하게 해다오

편지 2

　15년생 철쭉을 물끄러미 본다
　너도 이사왔니?
　이별을 아는 꽃, 그 꽃의 색조는 햇살을 만나면 이
슬이 맺히는가?
　소리없이 우는 여자처럼 아름답다
　산속의 미생물조차 春情을 이기기 어렵다는데
　어미솔 부엉이 곤줄박이 날갯짓
　내가 두고 온 우면산 내가 두고 온 메타세쿼이아는
잘 있는지?
　연한 잎새 사이에 불던 바람도 잘 있는지?
　동굴 깊숙한 곳에 거꾸로 매달려 새끼를 낳는다는
　세상에서 가장 힘들게 출산을 한다는 박쥐
　박쥐처럼 나는 너의 절망에 대롱대롱 매달려
　살아 있는 흔적들을 낳고 싶었다

裸 木

서정주는 선운사를 끼고 신경림은 남한강을 끼고
태어났는데

술 만드는 집에서 태어난 나는 서늘한 눈빛만 보면
쉽게 취하는데

소나무, 그 중에서 벼락맞은 소나무로 악기를 만들
면 소리가 절창이라는데

상처 깊은 영혼이 뿜어내는 노래 그림 연기 또한
그러할 텐데

왜 무공해 식품만 먹고 싶어하나?

육순 칠순 팔순이 되어가는데도 삶의 잎새가 바람
에 찰랑대는 사람을

보면 저렇게 살아갈 수만 있다면 아직도 살날이 창
창히 남았다 싶은데

왜 냄비 속에서 끓고 있는 몇 방울밖에 안 남은 작
은 물망울로만 느껴지나?

山은 짙은 안개로 슬픔을 표현하다가 그래도 견딜
수 없을 때

펑펑 물줄기로 바뀌어 아픔으로 딱딱하게 굳어버린
제 몸 구석구석을 계곡처럼 흘러넘치게 하는데

왜 안개도 물줄기도 만들어내지 못하고

눈이 사시라서 물체를 제대로 못 알아보는 맷돼지
처럼

쓰러지고 싶어지나?

모현동 중앙하이츠 5동 202호

땅거미가 질 무렵엔
낮은 풍경들이 식구처럼 들어와 앉는다
맨발의 공터는 몇몇의 밭이 되어 푸르고
논들은 겹겹이 조금씩만 살을 대고 출렁인다
그 끄트머리쯤엔 잔잔한 물결이 있다
누구는 방죽이라 부르고
누구는 수렁이라 부르지만
세 평 거실에 마주 앉아
名詩를 읊듯이
名畵를 보듯이 세상 이야기를 나눌 수 있다면
그렇게 맘에 맞는 순간이 있을 수 있다면
저 잔잔한 물결이 숨쉬는 그릇은
언제나 호수가 될 터인데
명시와 명화의 소재들이 햇살을 타고
호수 한가운데로 잠수해 들어가
헤맬 만큼 헤매이다 세상 속으로 다시 돌아오면
또 다른 명시와 명화가 될 것 같았는데
호수 너머엔 새 길이 있고
논이 있고 그 너머엔 마을이 있기에
외로움 따위는 문제 없다 싶었는데.

開岩寺의 수선화

개암사, 비 내리면
세상의 곡절은 모두 여기에 모인다
바람 불고 빗방울 굵어질 때
수선화 다투어 피어난다
입산금지의 팻말을 넘어 저벅저벅 산을 오른다
마음속 금기를 수천 번쯤 깬다
허물어진 자리에 몸을 풀게 하기 위해
몸 여는 순간의 눈매와 울음 소리를 담아오기 위해
나뭇가지와 가시덤불을 헤치듯
마음속 안개와 불길을 헤치면서 소리나는 쪽을
좇는다
숙변을 보듯 바위, 온몸을 열고서
노오란 꽃잎 피워올리는 소리, 소리, 소리,
꽃피는 소리에 놀라 백년을 기다리던
눈먼 거북이 그만 산을 오르고
휘휘 없는 손을 흔들지만
開眼의 비밀은 끝끝내 저 노오란
꽃잎 속으로 숨어버린다
또 한번의 백년을 기다리기 위해
폐허의 자리에 꽃밭을 만들기 위해
바위, 몸을 닫는다.

花嚴寺

그곳에 가려면
산 깊은 골짜기를 지나
다람쥐와 열목어를 지나
또 한번 다람쥐와 열목어를 만나
함께 다리를 건너야
흔들리는 구름다리를 건너야 바위가 꽃 되는 것
원효와 의상이 한 개의 바위가 되는 것을 볼 수 있다
超人이 아니라도 흰 매화 줄서서 반기고
돌담 이끼의 풍화
떨어진 흰 매화 꽃잎들 사이로
스며드는 삐삐삐삐 이름 모를 산새 소리 애닲은데
凡人의 잠 못 들던 세월 여기까지 따라와
잉잉대는 왕벌 소리로 울고 있다
바위는 죽어서도 빛나는 花嚴寺에서
수천 년 간 외롭게 다듬었을
정돈된 마음을 빌리고 싶어
부처를 껴안 듯 숭숭 구멍 뚫린 기둥에
온몸을 기댄다 뺨을 부빈다
이곳에 머물 수 없다 해도
여기서 만난 풍경들의 옷매무새며

마음 씀씀이를 닮아 가자고
목마름이 깊으면 물줄기로 솟았다가
스스로 물길을 끊어보자고
문득, 뒤돌아보니 걸어온 길이 너무 아름답다
초롱꽃과 멍멍개가 영화의 세월 속으로
쉬엄쉬엄 발길을 옮긴다

모악산

거기
누군가 떨어뜨린 씨앗이고 싶어
山에 들에 江에
인적 드문 절 귀퉁이에 이르면
살짝 누군가 떨어뜨린 씨앗이고 싶어져서
머뭇머뭇 기웃기웃 하는데
눈썹 짙은, 수려한 젊은 스님
백송처럼 서 있었네
그 사람 어쩐지 거기 살 사람 아닌 것 같아서
자꾸만 말을 걸었네
내 말에 그 사람 넘어져서 절뚝일 때
나랑 바꾸고 싶었을까
금산사 미륵보전 커다란 입상 앞에 서니
작은 가슴 꽃봉오리 터지듯 부풀어온다
초발심이 더욱 향기로운 듯 스르르 눈을 감고
일송 스님 독경 소리에 속세를 맡기니
흩어져 싸우던 영혼들 갓난아기처럼
보송보송한 얼굴로 웃는다
무엇무엇이 되고 싶다는 생각 놓쳐버리고
내가 누군지조차 놓아버리고

용서할 수 있는 현실조차 없는 山
　모악산에서 깊은 물에 잠기듯 푸른 잎사귀 사이에
잠기니 한철의 고뇌쯤은 거뜬히 씻겨진 듯
　이 나무 저 나뭇가지 위를 날아다니는 솔쥐처럼
　가볍게 山을 내려간다

마곡사

탑돌이를 한다. 마음의 거처를 마련할 때까지 돌아
가지 않으리라.

해탈문을 지나 천왕문을 지나니 오장육부가 약속처
럼 빠져버린,

온몸이 물 한 점 없이 텅텅 비어버린, 늙은 살가죽
도 반의 반쪽만 남은

느티나무 한 그루가 된다. 그가 올 봄에도 어김없
이 피워올린 공중의

새순들은 무엇으로 얻었을까 오늘은 서까래 몇 개
라도 올려야 한다.

목탁 소리 독경 소리에서 뿜어져나오는 향기,

계곡 속의 피라미마저 귀가

쫑긋해져 온갖 교태를 부리며 튀어오른다. 지금 행
복하다면 오히려 가슴이

덜컹 내려앉고 지금 힘이 들면 빚을 갚거나 저축을
하는 것처럼 편안해진다.

그 마음들 모아서 토담처럼 쌓아올리기 위해 돌고
돌아야 한다. 탑돌이하는

여자 발 밑에 무더기로 피어 있는 새하얀 클로버
꽃장들 누군가 떨어뜨리고 간

행운의 부스러기들이 피운 꽃이라면 기와 몇 장 연
등 몇 개조차 바친 적 없지만
　이쯤에서 돌아가도 마음의 거처 얻을 수 있으리라.

등 꽃

너는 감꽃과
아카시아가 눈맞아 떨어뜨린,
이제 한 잎 두 잎 밤새 떨어져내린
새벽 길손에게 죽고 사는 일을 보여주기 시작한
너의 花色도 너의 향기도 차마 밟을 수 없구나.
건널 수 없는 강가에 앉아
푸른 물길을 보듯 떨어져 쌓인 너를 보며
상처 없는 길을 찾고 있다
스무 평 남짓한 공터는 온통 너희들뿐
봄 내내 봄꽃 연기에 그을린 생각,
생각이 너무 까맣고 가파른 날
살며시 찾아와 보랏빛 둥근 생각들을
온몸에 달면 달 없는 밤에도
휘어이 휘어이 산책할 수 있을 텐데
사색의 창고는 한동안 배가 부를 텐데

어느 비 오는 날의 풍경

우리의 고된 노동으로 마련한
밥과 잠일지라도
어제는 그래서 오늘은 이러해서
내일은 또 무엇이 넝쿨손 되어
내 목과 내 등을 휘감아 오르겠다며
내 밥 내 잠 빌려갈는지
열여섯 살 아래인 시댁 조카랑 나란히
수업받고 오는 길 비가 내린다
차창 밖의 빗소리가 좁은 차 안에서
커다란 물방울로 부풀어오른다
물방울은 차 안의 모든 것을 적시고
우리들 가장 둔탁한 부위까지 스며들더니
그만 줄줄 빗물이 되어 흐른다
우리가 흘린 눈물
우리가 털어낸 고통의 비늘들 발 밑으로 가서
어느 순간 거름 되어 우리 몸 속에 스며들 거야
다시 한번 화사한 꽃 한 송이 피워올릴 힘이 될 거야
차창 밖의 빗소리가
또 한번 커다란 물방울 되어 부풀어오른다

碧梧棟

질 좋은 목재이면서 너는 또
부처가 오셨다는 이 계절에
보랏빛 꽃등을 공중 가득히 달아올리면
기품 있는 향기를 뿜어올리면
늙어도 껍질의 푸른빛이 그대로이면
그리하면서 수년을 어여쁘게 어여쁘게 살으면……
나는 그저 마른침만 삼킨다.

백천내

직소폭포에 들었으나
하늘은 안개가 막고 山은 나를 모른 체한다.
막힌 하늘 보는 눈도
폭포 소리 듣는 귀도 없는 탓이겠지
산길도 젊은 여자를 더 좋아하는지, 美愛는
몇 번이나 미끌, 山속의 여자가 될 뻔한다
배가 고파야 맑은 공기 흠뻑 들이켤 수 있겠지
山도 폭포도 길을 열 수 있겠지
높은 정신의 삶까지 올라가본 적 없어
견디는 일도 누리는 일도 모른다
들판조차 너무 넓으면 두려워
그냥 바라보는 것도 너무 크면 미안해
내 여윈 정신 짜내어
세상에 우뚝 솟을 정신 한 조각 만드는 일 어느새
십 년
그 정신 짜내느라 뚝뚝 피만 흘렸을 뿐,

무수한 실뿌리들 데리고
낮은 자갈밭 지나 백천내, 차디찬 물 속에 담그니
들린다. 낮추지 못한 내 목소리
보인다 아직은 씨가 될 수 없는 내 정신의 무게

우리는 지금 춘포로 간다

지상의 염세증후군을 피해 우리는
성난 갈기들이 너무나 촘촘해서 온통 매캐한
연기뿐인 땅과 하늘을 피해 우리는
지금 춘포로 간다. 논산, 여산, 봉동
아무리 헤매도 성난 갈기들의 포충망과
지독한 냄새뿐이다. 좁은 골목길에 앉아
황혼을 말리는 할머니 할아버지들뿐이다
함께 화단을 빛내던 한때의 채송화처럼 분꽃처럼
분홍의 시절, 거목의 시절 놓아두고
떠나는 날도 비슷했으면 좋겠다.
논길마저 막다른 골목에 이르렀을 때
춘포는 있지만 춘포중학교는 없었다.
찔레꽃은 흐드러지게 피어 있건만
왼쪽엔 忠 오른쪽엔 孝가
빈 교정의 문패 되어 여전히 서 있건만
주인 없는 빈집도 쓸쓸한데 하물며 빈 학교여
떨어져 쌓인 솔잎들의 외로움이
나무의 중등치까지 차올라 내 숨마저 차오른다.
저 텅 빈 건물의 외로움 너무 깊어 영혼이 싹텄을까
귀신만큼 힘이 세어져서는

털끝만 건드려도 금방 붙잡힐 것 같다
學而時習之 不亦說乎
그대는 언제 그대의 말씀 알아봐줄
눈빛들을 다시 불러올는지요.
창자가 꼬이도록 깊게 울음 울어 피워올린
찔레꽃의 외로움을 모를 뻔했다. 우리는
지금 춘포로 간다

나의 원효

그는 팔색조다
無說堂 처마에 앉아
앞마당의 풀이란 풀은 모두 뽑는다
하얀 모래사장이 되었을 때
왼편에는 홍연 오른편엔 백연을 심는다
항아리 가득 물고기 헤엄친다
맑은 물에서도 연꽃은 피어날 수 있으리
눈물이라는 친구마저 말라버린 그날에야
견고한 고독의 방, 완성되리
나의 원효여 그대가 잡설을 뱉을 때마다
잡초, 무성해지리
잡초는 자라 콩밭을 일구고
콩밭은 고추밭을 일구고
고추밭은 담배밭을 일구리
담뱃잎이 저렇게 둥글고 넓은 까닭을
아무도 묻지 않으리
이승에서 받은 사랑 業이 될까 두려울 때
無說堂으로 가서
홍연 백연으로 피어나리
나는 너를 만나 다시 외로워도 원효여

이만큼의 거처라도 얻었으니
천상의 사람 만난 양 행복해도 좋으리

전나무 숲에서 대금 소리를 듣다

삼경에 미애와 나는
전나무 숲에서 취산의 대금 소리를 듣는다.
삼십 년이 흘렀어도 아직 맘에 맞는 소리를
못 낸다는 취산 그리고
살금살금 천왕문을 빠져나와
반딧불이라도 눈붙여서
숨어 있는 진리 좇고 있는 또 한 사람

못난 사람끼리의 그릇 깨지는 소리만 들려준다.
세상 공부 비웃지 마라
세상 공부 배불러야 사바세계도 서방정토도 기웃거
리는 법
절은 있어도 스님은 없는데
무심해지고 싶어 실비 타고 왔는데
산에도 그리움이 있어
산 그리움과 내 그리움이 대금 소리에 엉켜 밀고
당긴다.
억억, 말이 되지 못한 소리로
문장이 될 수 없는 형태로 숲을 떠돌다가
숲의 정령이 되어

또르륵또르륵 숲을 흔든다.
소리가 되고 문장이 되어 퍼진다.
현실 해탈도 다음 生도 두려운 전나무들은
내가 피운 한 개비 담배 연기처럼
없을 無만, 없을 無만
공중 가득히 퍼져나가게 한다

솔바람차를 마시면서

○○이 된다는 것
그때까지는 사실
살얼음처럼 살짝 얼었다가 사라진
쓸쓸한 꿈조각에 불과했다. 우연히
너무나 우연히 시골 거리에서
몇 년째 잘나가는 그녀를 만나
그녀는 새콤달콤한 산수유차를
박씨는 솔바람차를 마시면서
쓸쓸함이 바위처럼 크게 불어나 꽁꽁 얼어버렸다
아무렴 어때? 산삼 난 자리에 또 산삼 난다는데
박씨의 쓸쓸함 아프게 녹아내리면서
새끼산삼 뿌리털 혹은 산삼 홀씨 하나 묻혀올 수
있다면

자동차 불빛에 소나기처럼 몰려드는
환한 지상에 한 순간만이라도 더 머물고 싶은
떼죽음당한 하루살이
그 중의 한 마리가 된다 해도
지금 박씨는 불이 필요할까?

물의 얼굴

하얀 물에게도 상처는 있지
가만가만 흐르고 싶지
초록의 벼숲으로 흘러가서
8월의 가슴 그 뙤약볕 사이를 하얗게
하얗게 날아오르는 한 마리 두루미
한 줄기 서늘한 빗방울이 되고 싶지

해거리

해걸이를 아시는지요?
감나무, 배나무, 사과나무……
지난해에 주렁주렁 탐스럽게 열매 열린 나무는
빈 나뭇가지에 바람만 일렁일 뿐
감도, 배도, 사과도 좀처럼 제 친구들을 만날 수
없다는 것,
그 지루한 그 쓸쓸한 한 해를 짐작해보신 적 있으
신지요?
콩 심은 데 콩 나고 팥 심은 데 팥 난다 말들 하
지만
콩과 팥이 만나 살다보면
콩도 팥도 아니고
콩의 근심과 팥의 오만만을
고스란히 물려받을 수 있다는 것
근심과 오만 덩어리인 채로
이리 데굴, 저리 데굴, 굴러다니는
한평생을 생각해보신 적 있으신지요?
해거리하는 해에 태어난
감, 사과, 배
그저 이름만 감 사과 배일 뿐

제 이름 다정하게 불러주는 이
쉽게 만날 수 없다는 걸 아시는지요?

먼 바닷속
검은 바위의 영혼을 달고

누군가 잃어버렸던가
깊은 정이 두려워 두껍고 넓은 햇살 사이로
살며시 놓아두었던가

사람들이 똥개라고 부르는
이름 모를 새끼강아지 한 마리가
업둥이처럼 우리 곁에 있게 되었다
연초록 머루알 같은 눈망울로
생각할 줄 아는 존재는 더 이상 받아들일 수 없는
한 사람조차 순식간에 사로잡아버리더니
이 세상에서는 결코 흘러갈 수 없는 슬픔
그 슬픔의 무게가 너무 무거워
먼 바닷속 검은 바위가 되어 가라앉고 싶던 그날 밤
단 며칠 받은 사랑
그것도 받은 사랑이라고 글쎄
비틀비틀 제 몸도 못 가눌 만큼 싸고 토하고
싸고 토하면서도
똥개 주제에 싸고 토하는 일은
꼬옥 거기 가서 하더니
비틀비틀 현관문 가장 가까운 자리를 찾아가서

슬쩍 두 눈을 감아버리네
나를 두고
나, 대신
먼 바닷속 검은 바위의 영혼을 달고
멀리 헤엄쳐 가버렸네

원불교 수도원

뒷덜미가 아름다워
문득 발을 멈추네
老松 사이엔 오래된 벤치가 있고
할머니 서너 분이 도란도란
건너편 연못 위
연초록 연잎처럼 도란도란
한 번쯤
긴 머리 감아올려 머리핀 높이 꽂고
노을 등대 삼아
이 길을 끝까지 따라가보고 싶었는데
아— 아— 어느새 할머니가 된
大仁, 恩鞠, 恩戀 정녀들은 하나같이
스물만이 꽃이 아니라는 듯
정원에 핀 꽃만이 꽃이 아니라는 듯
아름다운 다음 生을
아름다운 다음 生을
너무나 당연하게 확신하는 자태로
토란잎 위를 구르는 이슬 같은 눈매로
노을 등대 아래 또 하나의 노을 등대 되어
쓸쓸한 내 길 비추어주네

아직도 한 배쯤은 젊은
내 앞에서 당당히 저물고 있었네

花 葬

아마
아직도 모르고 있을 거예요
어젯밤 누군가
그대, 花葬시킨 순간을요
장미 덩굴로 겹겹이 묶고
벚꽃더미에 묻히게 하던걸요?
얼마나 황홀하게 바라다보았던지⋯⋯
구경꾼 모두의 눈빛에서 흐르던 고요,
차라리 한 잎의 벚꽃이 되거나
장미 덩굴이 되고 싶었을 거예요
사실 그렇잖아요?
우리네 사는 일 제아무리 고달파도
그대처럼 누군가 花葬시켜 떠나보내준다면
우리 등뒤에 그런 사람 하나 있다면
살아온 날들이 눈부실 테니까요
문득 생각했지요 저렇게 떠난 저 친구는
어느 집 따뜻한 아랫목이 아니라
꽃밭 한 귀퉁이에서 다시 태어날 것 같다고
흐뭇하게 미소짓는,

<해 설>

'슬픔'의 토양에서 피어난 '꽃잎'

오 생 근

1 90년대초에 등단한 시인으로서 이미 두 권의 시집
(『서울에 사는 평강공주』『생밤 까주는 사람』)을 통해 섬
세하고 정갈한 언어의 서정성을 보여준 박라연은 그의
시적 근원의 물줄기를 주로 '눈물'이나 '슬픔' 같은 내
면적 감정에서 이끌어왔다. 그 '눈물'이나 '슬픔'의 정
체가 무엇이고, 그것이 어떤 개인적 사연에 기인하는 것
인지 분명히 알 수는 없겠지만, 슬픔의 형태나 문양들은
풍요롭다고 말할 수 있을 만큼 빈번히 발견된다. 첫번째
시집을 내는 자리에서 시인은 "내게 있어서의 슬픔은 취
미나 기호 식품"과 다름없다는 말과 함께, 그 슬픔이
"가슴에 스미면 황홀하기까지" 할 정도임을 고백한다.
이처럼 슬픔의 중독 증세라고 진단할 수 있을 만한 감정
적 몰입은 그의 시를 결코 감상적이거나 비이성적 차원
으로 떨어뜨리지 않는다. 때로는 슬픔의 샘물처럼, 때로

는 슬픔의 강물처럼, 그 슬픔의 물줄기는 끊임없이 샘솟고 일렁이면서 다양한 파도 모양을 이루고 있는데, 중요한 것은 그 슬픔의 표현이 결코 단조롭거나 처연하게 보이지 않는다는 점이다. 대부분의 경우 그것은 어두운 빛깔로 고여 있고 썩어가는 늪의 모양이 아니라, 오히려 건강하고 아름다운 생명력의 물결로 살아 있는 존재를 연상시킨다. 한 개인의 내면 속에서 솟아오르는 것이되, 개인의 차원을 넘어서는 시적 서정의 이타성이거나 보편성 때문일까? '슬픔'은 언제나 넘쳐흐르는 물처럼 낮은 곳을 향해 흐르거나, '나'를 넘어선 다른 이의 자리로 흘러간다. 그러니까 슬픔의 자정 능력이 생기고, 그 물결은 오염되거나 썩을 염려도 없을 것이다.

1) 새순이 툭툭 터져오르고
   슬픔만큼 부풀어오르던 실안개   ──「무화과나무의 꽃」

2) 세상을 좀더 둥글게 살아가기 위해서 흘린
   너의 눈물은 싱싱한 즙이 되어 어느 불행 속으로
   즐겁게 스밀 때 저절로 닫히는 저 고통   ──「행복」

3) 닫혀진 문틈 사이라도 가만히
   그대와 닮은 슬픔으로 흐르고 싶지만
                         ──「작은 물방울의 노래 2」

4) 쓸쓸한 때는 가만히 흔들리는 우물을
   우물 속의 내 작은 얼굴을 내려다보았다

행복을 퍼올리듯 샘물을 퍼올리면
함지박 가득 쏟아져 퍼지던 싱싱한 슬픔들

어린 나이에
속으로 우는 울음을 울었다
우물가에서   ——「우리집 옆집에는」

　이 4편의 시들에서 눈물·울음·슬픔은 모두 움직이
는 유동성의 형태와 관련되어 있을 뿐 아니라, 폐쇄적인
우울한 이미지가 아닌 넉넉하고 풍성한 이미지들로 확
산되어 있다. 물론 모든 슬픔은 「상처」라는 시에서 보여
지듯, 상처이자 '구멍'이다. 그러나 그 상처는 늘 아물
지 않아 떠올릴 때마다 아프게 기억되는 상처가 아니며,
'구멍' 역시 찬바람이 스며드는 공허함의 공간이라기보
다 채워져야 할 충만성의 의미에 더 가깝다. 그러니까
슬픔은 1)의 경우처럼 식물적 이미지로서 새순이 싹트
는 생명의 경이로움과 함께 '실안개'처럼 퍼져나가는 확
산의 의미로 표현된다. 또한 눈물은 2)의 경우처럼 세상
을 비극적이거나 부정적으로 바라보는 원인이 되지 않
고 "좀더 둥글게 살아가기" 위한 것이거나 "싱싱한 즙"
이 되기도 한다. 그것은 타인의 고통과 불행을 치유할
수 있는 약이 되는 것이다. 3)에서 "그대와 닮은 슬픔으
로 흐르고 싶"다는 표현 역시 슬픔의 유동성뿐 아니라
타인과 만나고 싶은 욕망의 절실함을 담고 있다. 다시
말해서 시인은 슬픔을 통해 타인과 만나고, 타인과 함께
떠나며, 또한 닫힌 세계의 문을 열고자 한다. 그러니까

슬픔은 시인의 재산이자, 시인의 정체성을 보여주는 내면의 실체인 것이다. 윤동주의 「자화상」을 연상시키는 4)의 시에서는 우물과 얼굴, 행복과 슬픔, 울음 등이 대립적인 의미로서가 아니라 일체적인 연관성으로 혼융되어 있음을 알 수 있다. 시인의 내면은 슬픔으로 가득 차있지만, 그것을 퍼올리면 늘 건강하고 "싱싱한 슬픔"의 존재가 확인되고, 그 슬픔 속에서의 울음은 청승맞게 들리기보다 내면화된 울음의 폭만큼 맑은 소리로 팽창한다. 그러므로 박라연의 '눈물'과 '슬픔'은 시인의 개성적 산물이지만, 그것의 감정은 수동적이고 비관적인 세계관을 반영하지도 않고, '한' 맺힌 삶의 폐쇄적인 아픈 상처를 표현하지도 않는다. 그것은 개성적이면서 보편적인 것으로 건강하게 확산되어 있는 것이다.

2 박라연의 세번째 시집에서 '눈물'과 '슬픔'은 앞서 나온 두 권의 시집들에서만큼 빈번하게 발견되지는 않는다. 그것들은 서정의 차원에서 풍성하게 흐르고 있기보다 인식의 차원에서 생성과 변화의 토대로 작용하는 느낌을 준다. 시인의 나이 탓일까? 물론 표면적인 변화에도 불구하고, '슬픔'의 각별한 의미가 시적 감정 혹은 시적 창조의 중요한 원동력이 되고 있음을 부인하기는 어렵다. 다음과 같은 시의 예를 들어보더라도 슬픔의 시적 구조와 특징은 변함없이 확인되기 때문이다.

> 차창 밖의 빗소리가 좁은 차 안에서
> 커다란 물방울로 부풀어오른다

물방울은 차 안의 모든 것을 적시고
우리들 가장 둔탁한 부위까지 스며들더니
그만 줄줄 빗물이 되어 흐른다
우리가 흘린 눈물
우리가 털어낸 고통의 비늘들 발 밑으로 가서
어느 순간 거름 되어 우리 몸 속에 스며들 거야
다시 한번 화사한 꽃 한 송이 피워올릴 힘이 될 거야
차창 밖의 빗소리가
또 한번 커다란 물방울 되어 부풀어오른다
　　　　　　　　　　──「어느 비 오는 날의 풍경」

　비 오는 날의 차 안에서 차창을 통해 들리는 빗소리
를 통해 화자는 물방울의 부풀어오르는 모양을 연상하
면서 자연스럽게 눈물을 떠올린다. 모든 틈 사이로 물방
울이 스며들 듯이, 그 액화성의 가치는 우리들 몸의 "가
장 둔탁한 부위까지 스며들"면서 빗물처럼 확산된다. 물
방울이 모여서 빗물로 변한다면, 눈물은 모여서 무엇이
될까? 그것은 "우리가 털어낸 고통의 비늘들 발 밑으로
가서 어느 순간 거름 되어 우리 몸 속에 스며들" 것으로
표현된다. 눈물은 정신의 거름이 된다는 시인의 믿음은
변함이 없다. 그 거름이 바로 "화사한 꽃 한 송이 피워
올릴 힘"이 된다. 그렇다면 "화사한 꽃 한 송이"는 무엇
일까? 꽃이 무엇이건, 이 시집에서는 꽃이 되고 싶다는
화자의 희원이 도처에서 보여질 뿐 아니라 꽃과 나무의
식물적 이미지들이 유난히 자주 눈에 뜨인다.

나는 단명의 꽃잎으로 살다 가리
내 꽃 숨진 자리 위에
까치 잡새 풀벌레 들 모여서 울면
울음의 울림만큼 나는
희고 붉은 꽃잎으로 다시 피어나리   ——「금낭화」

　이 시의 화자는 "꽃잎으로 살다 가"고 싶다거나 "꽃잎
으로 다시 피어나"고 싶은 희망을 말한다. 그는 새가 되
고 싶다거나 별이 되고 싶은 것이 아니라, 아름답고 단
명한 "희고 붉은 꽃잎"으로 피어나고 싶은 것이다. 물론
이러한 희망은 소박한 것이겠지만, 그 표현이 꽃잎이 피
고 지며, 다시 피어나는 끊임없는 재생의 삶을 염두에
두었을 뿐 아니라 그 재생의 삶을 가능하게 한 근거가
"까치 잡새 풀벌레 들"이 모여서 우는 소리 혹은 "울음
의 울림"과 관련되어 있다는 점에서 의미심장해 보인다.
새가 울건 벌레가 울건, 우는 소리만큼 화자가 "희고 붉
은 꽃잎으로" "다시 피어"난다는 것은 결국 울음으로 꽃
잎을 피우게 할 수 있다는 논리와 큰 차이가 없다.
　금낭화의 "희고 붉은 꽃잎"으로 피어나려는 시인의
소원을 상징적 의미의 차원에서 해석하지 않고 소박한
의미의 차원에서 이해한다면, 그것은 시인이 애호하는
이미지들인 '작은 물방울' '작은 새' '키 작은 꽃' '이
름 모를 나무' '이슬방울' 등 왜소하고 잊혀질 수 있는
하찮은 사물이나 존재에 대한 시인의 관심과 사랑의 연
장선 위에 있음을 알게 된다. 비슷한 예를 더 들어본다
면 그것들은 '봄꽃' '목련꽃' '씨앗 한 알' '가을꽃 국

화 한 송이' 등이며, 「사과를 깎으면서」와 같은 시에서 보여지듯 "난보다는 잡초"이고 "학보다는 황새"이며 "은 어보다는 피라미"이다. 크고 화려하고, 훌륭하고, 이름 난 것들보다 작고 소박하고, 초라하고, 이름없는 것들에 대한 시인의 관심은 참으로 각별하다. 그러니까 사과 한 알을 깨물기 전에 그 사과의 상처난 부분 '멍든 자리'가 시인에게는 예사롭게 보이지 않는다. 또한 시인이 느티 나무가 되고 싶다고 말할 때, 그는 우람하고 튼튼한 모 습의 잘 자란 나무를 연상하기보다 "온몸이 물 한 점 없 이 텅텅 비어버린, 늙은 살가죽도 반의 반쪽만 남은／느 티나무 한 그루"(「마곡사」)를 상상하는 것이다. 이처럼 상처받기 쉬운 연약한 식물이거나 초라한 존재에 대한 시인의 관심은 여러 시에서 확인된다. 봄이면 절이나 시 골집 근처에서 흔하게 피는 등꽃을 보고 쓴 다음의 시도 그러한 예의 하나이다.

새벽 길손에게 죽고 사는 일을 보여주기 시작한
너의 花色도 너의 향기도 차마 밟을 수 없구나.
건널 수 없는 강가에 앉아
푸른 물길을 보듯 떨어져 쌓인 너를 보며
상처 없는 길을 찾고 있다
스무 평 남짓한 공터는 온통 너희들뿐
봄 내내 봄꽃 연기에 그을린 생각,
생각이 너무 까맣고 가파른 날
살며시 찾아와 보랏빛 둥근 생각들을
온몸에 달면 달 없는 밤에도

휘어이 휘어이 산책할 수 있을 텐데
사색의 창고는 한동안 배가 부를 텐데 ——「등꽃」

　아침나절 산책길에서 무심코 밟힐 수 있는 이러한 낙엽과 꽃을 보면서 화자는 "죽고 사는 일"의 결연한 속 깊은 뜻을 읽는다. 떨어져 쌓인 꽃들의 모양은 "건널 수 없는 강"의 "푸른 물길"이 펼쳐져 있는 것 같다. 꽃을 밟지 않고 지나려면 "상처 없는 길" 혹은 상처를 내지 않고 갈 수 있는 길을 찾아야 한다. 그 길을 찾으면서 화자의 상념은 강물처럼 훨씬 깊어지고, 넓어진다. 그 상념의 절정에 이른 듯한 표현은 "봄 내내 봄꽃 연기에 그을린 생각, / 생각이 너무 까맣고 가파른 날 / 살며시 찾아와 보랏빛 둥근 생각들을 / 온몸에 달면"과 같은 것이다. 이 시구들에서 우리는 봄꽃의 향기가 너무나 강렬해 마치 불타오르는 형체에서 연기가 나는 것 같은 느낌과, 그 연기 때문에 생각은 '그을린'다는 해석을 해보게 된다. 또한 "생각이 너무 까맣고 가파른 날"이라는 것은 생각이 잘 전개되지 않아 비생산적인 죽음의 형체처럼 묘사될 수 있는 어떤 하루로 해석된다. 그런 날에 등꽃이 암시해주는 "보랏빛 둥근 생각들"을 닮으려는 시인의 바람은 아주 독특한 표현으로 보일 뿐 아니라, 등꽃의 풍경을 주제로 한 시인의 상상력이 자유롭게 펼쳐져 있음을 확인하게 된다. 설사 꽃의 형태가 둥근 것이 아니라 하더라도 그것이 암시하는 "보랏빛 둥근 생각"들은 얼마나 자족적이고 풍성한 존재의 이미지인가.

　박라연에게서는 이처럼 꽃을 바라보거나 꽃으로 피어

나고 싶은 시인의 마음을 표현한 시가 많다. 꽃이나 식물에 대한 시적 편향은 앞에서 보았듯이, 연약하고 상처받기 쉬운 그러나 아름다운 존재에 대한 사랑과 연민의 표현일 수 있겠지만, 또 다른 관점에서 보자면 그것은 바로 시적 진실을 밝히는 일이거나 좋은 시를 쓰려는 의지와 연결된다.

> 아주 오래된 빈집이 있고
> 날카로운 슬픔의 주인이 있고
> 희미한 前生의 그림자가 있지만
> 이 모든 것 제 갈 길 가기 시작하면
> 나는……야 거북이처럼 느리게 골방으로 가서
> 습작 시절의 초롱초롱한 눈망울로
> 삼라만상 무한천공을 엿보리라
> 눈이 짓물도록 귀가 멍멍해지도록 머물다가
> 내 주인이 쓰윽, 목을 베면
> 한 세상 다시 피어 볼 붉히는 장미
> 장미 한 송이가 되리라   ──「가을 편지」

이 시의 끝부분에서 "장미 한 송이가 되리라"는 화자의 단호한 의지는 "습작 시절의 초롱초롱한 눈망울로/삼라만상 무한천공을 엿보"는 시인, 즉 견자(見者)의 시인이 되겠다는 의지나 다름없다. 그러니까 장미 한 송이로 피어나겠다는 시인의 꿈은 소박한 도덕적 꿈이 아니라 삶과 세계의 깊은 원리를 꿰뚫어보려는 야심찬 꿈이다. "눈이 짓물도록 귀가 멍멍해지도록" 골방에서 머문다는 것은 시를 쓰는 과정에서 랭보가 말한 "모든 감각의 착란"과 같은 정신적 고행을 겪어야 한다는 의미로 해석된다. 목을 베는 "내 주인"이란 것도 랭보식으로 말하면 나의 내부에 있는 '타자'의 얼굴 혹은 깊은 내면 속에서 보이지 않는 어떤 창조적 무의식이라고 말해도 크게 잘못된 해석은 아닐 것이다.

[3] 시인은 꿈꾸는 사람이다. 그는 주어진 자신의 운명에 대해 만족하지 않기 때문에 꿈을 꿀 수도 있고, 자신이 속해 있는 사회와 그 사회 안에서 자신의 삶을 변화시키고 싶기 때문에 꿈을 꿀 수도 있다. 박라연의 꿈은 지금까지 보아왔듯이 스스로 꽃이 되거나 꽃을 피우는 일, 나무가 되고, 새가 되는 일이다. 그러나 그 꿈의 내용이나 주제가 무엇이건 시인으로서 그가 지향하는 궁극적 형태는 결국 아름다운 시를 쓰는 일이다. 다시 말해서 꽃이 되건, 나무가 되건, 그것은 아름답고 훌륭한 시로 피어나고 싶다는 의미를 내포한다는 것이다. 그에게 시가 없는 삶이란 죽음과 같다. 시를 통해 꿈꾸는 삶은 현실에 적응을 하지 못하거나 현실에 안주할 수 없는 시인의 마음에서 비롯되는 것이지만, 꿈이 소멸되고 현실의 논리만 중시되는 삶이란 그것이 아무리 물질의 행복이 따르는 것이라도 죽음의 삶과 다름없다. 그런 점에서 꿈은 '약'이면서 동시에 '독'이다. 약의 양면성이 있듯이, 꿈에도 양면성이 있다. 꿈에 취할수록 현실적 삶의 행복은 그만큼 반비례할 가능성이 많고 삶의 상처와 공허함이 커질수록 오히려 꿈꾸는 일은 행복하게 추

구될 수 있을 것이다.

> 삶은 때로 진부해서 살 만하고
> 꿈은 때로 지독한 제 몸 냄새로 죽음을 밀어낸다
> 허약한 일상들은
> 꿈의 갈비뼈 사이에서 잠이 들고
> 초 분 시간을 따라 송이송이 꽃이 된다
> 누군가의 미숙한 사랑이 되고
> 지상의 하루가 되고 前生이 되고 全생애가 된다
> 치사량의 毒 그리고   ──「치사량의 毒, 그리고」

이 시에서 삶이 진부하다는 것은 삶을 거부하거나 도피해야 할 이유가 되지 않는다. 오히려 삶은 진부하기 때문에 살 만하다는 것이다. 이 역설의 의미는 삶의 진부함이 결국 꿈의 가능성을 열어놓기 때문이라는 논리에서 성립될 수 있다. 삶이 진부하지 않다면 꿈꿀 이유도 없을 것이다. 또한 꿈은 허망하지 않고 "죽음을 밀어"낼 만한 힘을 가진 것으로 묘사된다. 그 힘은 꿈의 "지독한 제 몸 냄새"라는 표현에서 알 수 있듯이 원초적이고 생래적이다. 꿈의 생래적인 강렬한 힘으로 허약한 일상들은 "꿈의 갈비뼈 사이에서" 그야말로 맥을 못 추고 잠들다가, 어떤 때는 "꽃"이 되기도 하고, 어떤 때는 "누군가의 미숙한 사랑"이 되기도 한다. 또한 그것은 누군가에게 하루살이의 운명이 되기도 하고, 운명적인 절대성으로 작용할 만큼 "전생(前生)"이 되거나 "전(全)생애"가 될 수도 있는 것이다. 이렇게 일상의 보잘것없는 요소를 "꽃"이 되게 만들고, 운명적인 삶의 형태로도 만드는 꿈의 힘 혹은 꿈의 변용력은 어디에서 오는 것일까? 그 꿈을 시로 바꾸어 이해한다면, 쉽게 의문이 풀린다. 시의 변용력은 사물뿐 아니라 삶과 세계를 바꿀 수있는 힘을 갖추었기 때문이다. 시의 힘을 믿는 시인은그 힘을 계속 보존하고 새로운 생명력으로 재생시키기위해 '겨울잠'을 자야 한다. '겨울잠'을 그리워하는 시인의 욕망은 바로 시적 창조의 의지와 동일한 것으로 보인다.

　　겨울잠, 내 관념의 흙을 파고드는 예감, 너는 마치,
　　내 몸에서 뿌리가 희고 둥글게, 무수히, 돋아날 것처럼 푸르다
　　깊은 겨울잠 그 이후에는, 아직 남은 내 순수의 물방울이 어린
　　무 속살로, 아직 남은 내 사랑의 울림이 선유도 깊은 산골짜기 도라지꽃으로,

　　이쯤에서 겨울잠을 선물받고 싶다. 왔던 길 다시 가서 초행처럼
　　돌아오고 싶다. 겨울잠 내 흙을 후벼파는 악몽, 초인종 울리는 성급한 방문객, 자지러지게 울리는 전화벨, 그 촘촘한 솔밭 사이를 건너
　　이제 나는 간다. 마흔몇 해 동안 빠져나간 내 몸 찾으러기억상실증의 환자처럼 잠시 겨울잠, 네 흙 속으로 간다.
　　　　　　　　　　　──「겨울잠 네 흙 속으로 간다」

겨울잠은 풀·꽃·나무 등의 식물적 형태와 함께 그
것들을 키울 수 있는 뿌리의 흙과 연결된다. 그러니까
겨울잠은 흙으로 표현되고 겨울잠을 꿈꾸는 것은 퇴행
적 도피가 아닌 새로운 탄생의 의지를 표현한다. "초인
종 울리는 성급한 방문객, 자지러지게 울리는 전화벨"로
표상되는 일상의 생활에 지친 시인은 겨울잠을 연상하
며 "뿌리가 희고 둥글게, 무수히, 돋아날 것" 같은 다발
적이고 풍성한 식물적 생장의 가능성을 예감하게 된다.
겨울잠과 흙의 세계로 돌아가려는 화자의 꿈은 마치 기
억상실증의 환자가 자신의 정체를 알려고 혹은 정체성
을 찾으려고 자신의 근원과 삶의 출발 지점으로 돌아가
려는 여행의 꿈이기도 하다. 그것은 결코 한가롭게 모든
것을 망각하고 도피할 수 있는 잠이 아니라, 위험한 장
애가 여러 겹으로 나타날 수 있고 또한 새로운 탄생의
목표를 염두에 둔 힘겨운 모험의 잠이다. 겨울잠의 땅은
그러므로 뿌리의 확산과 식물의 성장이 시시각각으로
감지되고 그만큼 생성의 움직임을 쉴새없이 포용할 수
있는 모체의 공간이다. "이쯤에서 겨울잠을 선물받고 싶
다"거나 "왔던 길 다시 가서 초행처럼/돌아오고 싶다"
는 것은 결국 시인으로서 끊임없이 다시 태어나려는 의
지를 다짐하는 표현일 것이다. 그 '겨울잠'의 땅에서 박
라연의 '꽃'은 새롭게 피어날 것이다. ▨